어머님 가신 길에

황윤식 시집

신세림출판사

머리말

글을 쓴다는 일은 내 자신이 살아있다는 것을 확인하는 일이며, 나를 발견하고 세상 깊은 곳의 진리에 다가가는 것이라 생각한다.

자연에 매달린 모든 것들도, 가지마다 매달린 모든 것들의 열매도 저마다 무한한 생명을 영생 유지하고자 희망하며 살아가듯 나의 삶도 세월에 매달린 채 여기까지 무얼하며 왔는지…, 더 큰 인생을 잃어버린 채 세월에 밀려 진정한 삶을 지나쳐 살아가고 있지는 않나 반문해 볼 때 부끄러움이 앞선다.

내 삶의 작은 소망으로 남은 세월은 봄날의 풍요로운 햇살처럼 가난한 가슴에 문학과 삶을 접목시켜 끝없는 노력으로 뒤돌아보아 조금은 위로가 되는 여생이 되고자 이 글을 써 본다.

2016년 3월 저자 **황 윤 식**

목 차

◆ 머리말 … 3

1부 … 봄 그 찬란함에 대하여

2부 … 여름 그 황홀함에 대하여

어머님 가신 길에

목 차

5부 ··· 인생 그 묵직함에 대하여

어머님 가신 길에

1부

· · ·

봄

그 찬란함에 대하여

봄 꽃

떠난 줄 알았던
겨울도
사연 있어 못 떠났나.
봄꽃 위에
눈꽃 내리고
놀란 봄꽃 움추려
주름 꽃잎
숨어 피니
하늘 꽃이 수줍었나
몸을 녹여 흘러가네.

춘삼월

날리는 벚꽃 잎은
춘삼월 나비 같고

바람 따라 날아다니니
섣달에 눈송일세

냉이꽃 민들레꽃
개나리꽃은
모두 피려하는데

춘삼월이 좋아선가
햇볕이 좋아선가

봄 처녀 봄 총각도
뛰쳐 나와 즐거하며
계절따라 흥이 솟는
춘삼월이로다.

봄 비

안개 속에 봄비가 내린다.
온천지 대지위에 소리없이
안개 속에 숨어 내린 봄비가
월동에 지친 앙상한 가지를 적시니
봄비에 취했나
부르르 흔들흔들
그 모습들이 변하여
봄을 반기니
참새 떼들 노래하며
경사났네
동요 불러 떼를 지어
봄 잔치 산을 깨우고
밤이면 부엉이 울음소리
잠을 깨우는 봄바람
봄비 젖어 있는 거목위에
아침햇살 찾아들며 안마해 주네.

5월은

녹색의 천국 5월
하늘도 시기하는지
뜬 구름 잡아
산마루에 깔고

이산저산 날아들며
노래하는 뻐꾹새
졸졸 대는 물소리
솔솔 바람에
잡새들의 노래가
산행길 나그네 마음을
푸른 하늘 높이
구름 잡아 행복 담고

하늘로 하늘로 날고 싶은
청록의 5월
마음을 푸르고 푸르게
부풀려 날게 하는
뻐꾹새 노래 산울림
5월은 가네.

봄맞이

깡마른 산, 마른 들판에
봄의 연락병이 뛰어 왔나보네.
땅에는 냉이싹, 땅 위엔 목련꽃
서둘러 꿈틀거리니
매화 개나리 냉이꽃
시새움이 지축을 울리는구나.

봄 초병에
기가 죽은 겨울 주인,
인사 없이 떠나가고
하늘 땅 사이 맴도는
오묘한 교차로에
내 마음 잡지 못하여
즐거운 슬픈 노래로
하늘 땅을 울려 보아도
못견뎌서 불러보는
서투른 목청인가.

땅에 떨어져 부서지고
뒹굴어 가는데
스며드는 봄바람이

나를 안마해 달래는구나.

가난한 마음 위에
봄 꽃피어 안아 드니
한잔 술로 달래련다.

춤추는 저 꽃잎 안주삼아
메마른 가슴 위에 봄꽃 쌓이고
저녁 노을 위로 날린 꽃잎
이 가슴에 차곡차곡
쌓여 그리움을 달래주는구나.

사 월

사월의 문턱에
만물이 푸른 돛을 올리는 사월
설한풍에 꽃 피어 주는
저 동백 있기에
따라 피는 산수유
개나리 목련이
사월을 단장하는구나.

봄 소리에
생명의 불을 켜고
얼음 깨고 계곡물도
졸졸 소리 흥이로다.

밤 새워 피운 벚꽃 출근길
웃음 주고
있는 마음 없는 마음
하나같이 꽃이 되는
사월의 봄 길에서….

봄 잔치

봄바람에 잠 깬 계곡
푸른잎 갈아입고
숨죽였던 계곡물은
흥청망청 청수로다.

진달래 산수유 꽃
벌을 불러 사랑 짓고

물소리 새를 불러
청정수에 씻고 단장

활짝 열린 봄 잔치에
마음 젖는 봄이로다!

나도 다오

봄바람아 봄바람아
너의기운 나도다오
지친세상 산과들에
푸른기운 넘쳐지고
갈색어린 연못위에
풀빛노을 찰랑대고
휘늘어진 버들가지
푸른단장 숲이되니
부부새가 모델되려
밤사이에 준비했나
벚꽃잎잎 송이마다
봄바람에 꽃잎뿌려
축복속의 봄이로다.

계룡산

계룡산 줄기마다
봄풀이 우거지니
어미 소 풀을 뜯고
송아지 젖을 빠는
계룡산 자락에
소 꼬삐 잡아 끌며
봄을 즐기네.
냉이 캐는 처녀 옷깃
피리 소리 스치고
휘날리는 치마결이
피리 곡에 날리는구나.

양지 햇살

목련꽃은 봄비 속에
시들어가고
봄바람 산들 산들
봄싹 불러 올리는구나.
따스한 양지 햇살
아지랑이 놀리고
대지 덥혀
땅 속에서 물 속에서
나무에서 봄을 반겨
솟는구나.

봄에 키운 사랑

가을바람에 오곡잡과
황금 물들이고

겨울바람은 백설신고
대지위에 뿌려질 때

봄에 키운 사랑사랑
백설에 신고싶어

눈송이 사랑송이
영생백설 쌓아두고

오는 세월 가는 세월
숙연하고 싶어지네.

천사 바위

꽃피는 봄이 되니
오색 꽃잎에 싸여

우뚝선 장군바위
꽃향기에
취하셨나

사랑받아
황홀했나

안개덮여 천사로다.

봄 짝맞이

어디에 있었던고
봄바람 불어와

마른가지 울리고

산계곡
쫄쫄 흐른 물소리
찾아
산새들 조잘조잘
목이 타나

물 한 모금 하늘 한번
청수에 몸을 씻고

봄 짝맞이 한창이네.

봄 소식

봄바람에 마른가지
푸릇푸릇 멍이들고

계곡마다 쫄쫄소리
남풍따라 높아지네

냉이캐는 봄처녀들
발길손길 선물가득

밥상위에 나물케익
술잔마다 향에취해

처녀가슴 피는소리
잠을깨운 나비총각

봄비씻어 단장하고
향기줄까 접어있네.

햇 살

따스한 봄바람에
햇살 넘치듯

메마른 가슴속에
꿈이 넘치네.

봄바람은 가지마다
푸른 빛 불러주고

갇혀 있던 산골 물은
밀려 넘쳐 흐르는구나.

웃어 버렸네

내마음도
봄바람을 막지 못하고
매화꽃
봉우리에 웃어버렸네.

산에 들에
꽃몽우리 봄을 맞으니
내마음도 시새웠나
피리불었지.

앞산 마을 피리총각
풀잎 딸 적에
봄처녀 부푼 마음도
함께 따가주오.

향 기

봄문 여는 매화꽃아
욕심스레 서두르며

향도 없이 피어주나

시새운 산수유도
향을 접고 피는 사연

벌나비 손님없어
봄바람이 향기롤세.

봄 마음으로

따스한 햇살
시원한 봄바람이

그대 나 뺨을 스치니

우리에게 또 봄이
왔나보네요.

온세상 꽁꽁 얼었던
겨울에도
내마음 언제나
봄싹처럼

아니 봄꽃처럼
사랑으로 자라며
피우지요.

사랑하는 시간으로
행복해지곤 하지요.

봄을 맞아 산에 들에

꽃은 피어나는데
벌나비없어
외로워
쓸쓸해하는 모습
나는 알리라
너의 꽃마음을

봄비 내려
벚꽃 목련 피어나듯
이봄에는
사랑꽃이 피어나려나
기다리고 기다림도
행복하구나.

봄날은 가네

봄비 내려 날린 낙엽
잠재우더니
봄비 내려
막힌 씨앗
촉을 틔우네.

봄바람에
산수화 몽우리
부풀리더니

봄바람에
매화꽃 몽우리
꽃잎 틔우네.

봄햇살에
총각마음 애태우더니

봄 처녀 꽃내음에
취한 총각 봄날은 가네.

질투

라일락 향에 취해
이렇게 따라왔나

봄사랑 찾는 향기
어데두고 여기왔나

이향 저향 마셔담아
사랑주려 하였는데

중국황사
찾아와서
입코막고 질투롤세.

봄 총각

햇빛은 창살뚫어
봄을 알리고

산수화 꽃 몽우리는
꽃을 알리네.

냉이싹 솟아올라
봄처녀 바람주고

댕기머리 봄처녀에
총각바람 주는구나.

봄 제비

강남갔다
돌아오는 봄따라
숲은 싹이 푸르러오네.

기쁨에 훨훨 나는
제비들처럼

오늘도
그 자리에서 태양은 솟아
돌아오는 봄을 맞아
방긋 웃어 환영하고

따뜻한 빛을 내려
푸른 봄 힘을 주어 사랑해주네.

심심산골 계곡물도
흥이나 소리쳐 흐르고
산새들도 행복맞아
소리쳐 노래 부르니
숲속 봄은 푸르게만 다가오네요.

사월 향기

삭막했던 겨울들은
봄바람에 쫓겨 가고
급히 오는
사월 길이
꽃길되어 나를 잡네.

이 꽃 저 꽃
솟은 향에
분별 않고 마시다가
향에 취한
사월 총각
봄 처녀 찾았다가
사랑 향기
접고 가네.

인생도 계절도

바람 숲 향기
쏟아지는 4월에
그 사람 환한 웃음
꽃향기 섞어 피우고

짙은
라일락 향기에
늦어가는
4월의 길목에 서네

검은 구름
불청객이 빗물 내려
향기 띄워 싣고

둥실둥실
강물타고 흘러
마음 위에 돛단배되어
4월의 꽃향기 싣고
흘러 내려 가본다,
인생도 계절도.

이 마음 어찌하라고

봄비 내리는데
목련에 앉은 너 잡새야
설풍은 가고
봄바람 부는데

어떤 사연 있었기에
눈물 말라
깜박깜박
이리저리 날아들며
슬피 울기만 하느냐

너 아니 울어도
봄비에 젖은
내 마음 잡지 못하고
갈팡질팡 서성대는
이 마음 어찌하라고

그렇게도 처량하게
울며 있느냐
나 어이하라고
또 봄은 깊어 가는데...

꽃샘 바람

긴긴 겨울 칼바람 안고
지새우다가
3월의 꽃샘바람에
푸릇푸릇 싹문 여는
소리가
귓전 스쳐 나는구나

막혔던 빙설 열고
계곡물은 길을 열며
쫄쫄 흘러 속삭속삭
소리쳐서 봄을 알리니

수중 석굴 잠든 개구리들
사지 펴서 만세 부르니
3월 바람은 변호사
바람 때문인가봐.

오월의 숲

우거진 5월의 숲 사이로
산 비둘기, 소쩍새가
이산 저산 짝을 찾아
날아들고
먼 산등성이엔 이꽃 저꽃
지천으로 피어지니
아름답고 싱그러운
5월이어라.

그 누구도 찾아주지 않고
멀게만 느껴진 잡초 속
작은 꽃들이라지만
너의 세상 그 무엇에
비하리
피어진 꽃이여.

나, 크고 작은 인생
너, 크고 작은 꽃들
우리 자연과 같이
소중하게 피어지는
삶에 5월 장터인 것을….

방 향

모른 체
물어 보지 않고
지나쳐야 하였다면
지금처럼 방향 몰라
흔들리지 않으련만
맞이하는 봄,
바람 불어 준다면
방향 따라 가보련만….

산수화

봄꽃소식 알리려고
잎도없이 피어주나

향이없어 부끄러워
잎못보고 피어주나

벌나비와 인연없이
누굴위해 피어주나

몰래피어 부끄런듯
꽃피어서 봄알리니

눈을녹여 쫄쫄내린
산계곡물 소리만이

산수유의 노란꽃과
밤을새며 봄날맞네.

2부

:

여름

그 황홀함에 대하여

더위에 마른 달

8월의 한낮 더위가
밤마저 덥히니
매미들도 잠 못 이루고
가로등 불빛 숲에서
밤을 설치고 우는구나
우리 장군처럼
그렇게도
둥글고 곱던 보름달도
8월 더위에 마르고 지쳤나
초라한 조각달되어
서산마루에
서성대다가
매미들의 슬픈 노래
나뭇잎 연주에 감동하여
샛별 두고 떠나가는
8월의 더위여라.

고추잠자리

연주 악보 고객없이
고음소리 매음매음

매미노래 곡조따라
고추잠자리 춤을 추며

높낮이 즐겨 놀 때
제비님들 때를 만나

식욕 즐겨하는구나.

삼복과 새

푸르름이 넘쳐드니
삼복되어 제멋제멋
분장준비 시작되니
둥지속에 뜸북새가
분장속에 알을 품네.

중복 둥지

다사다난 계절지나
미소짓는 초복되니

뜸북새 사랑둥지
공사에 한창이고

화려하고 제멋
풍기는 중복이 되니

구름님 때때 찾아
빗물내려
초목단장 시켜준다네.

매미노래

악보없고 연주자없는
초, 중, 말복
왕매미 노래쫓아

매미채 손에 들고
숨바꼭질 뛰어대는

어린시절 그립다네.

장마타고 오신다더니

한 여름 장마비 앞세우며
오신다 하던 님

구슬피 내리는 빗님 편
못오신다 소식 주노니

님생각 타고타서
빗물녹여 태우노니

더위따라 심심태워
땀방울로 장마되네.

칠월 장마

조각구름 떠다니며
뿌려대는 칠월장마

틈새틈새 햇볕따라
날아드는 나비님들

비에젖는 꽃잎속에
꽃꿀따기 한창일때

개구리님 뛰어솟아
허기채워 즐겨하네.

빗소리 1

유월뿌린 소낙비는
수목가지 휘어잡고

산새들새 둥지마다
병풍되어 신방되네

인연맺어 쌍쌍되니
사랑으로 알을낳아

풍요로운 행복위에
먹이사냥 접어두고

빗소리를 연주삼아
사랑노래 흘러나네.

애벌레 피난

강렬한
햇빛 막아주는
여름의 한낮 숲이여
땅이 더울까봐
뿌리들이 목 탈까봐

가리고 가려주다
너무 지쳤나 한낮 숲
잎잎마다
움츠려 접어드니

숨어있던 애벌레들
짐을 싸 피난 가네

나는 새들 놓칠세라
먹이 물어 새끼주고
쫄쫄대는 계곡물에
목 축여서 샤워하며
주고받는 속삭임이
산울림 메아리로
뻐꾸기도 답이 오네.

여름 소나기

천둥쳐 깨어지는
구름 그릇은

유월의 창밖에
빗줄기 만들어

장대 같은 저 빗소리
그칠 줄 모르고

풀잎 같은
내 가슴을
두둘겨 치더니

세월에 찌든 마음도
빗소리 따라
어디론가
가고만 싶네.

썬글라스

7월 햇살에
썬글라스 녹색으로
떨어트리고

발등까지 밀려드는
파도처럼
추억의 해변을 찾아

지난 시절 떠오르는 파도소리가
내 가슴을 해안으로 끌어
부서져 오는구나

7월의 일요일은
내 마음 먼저 가
바다 앞에 세우고

썬글라스가
나의 날이 되어
출렁입니다.

유월의 비

유월 비가 외로운
여인의 눈물처럼
앞을 가려 내린다

기다리다 못해
찢어지는 대지를
촉촉이 적서 채우고
못다한 사랑에
그리운
여인의 가슴에도
비가 되어 흐르겠지

사랑의 열매가 맺도록
참 시원하게도
비가 내리네.

숲 속 사랑

안개 짙은 유월에
숲 속을 달려가

잎으로
햇님 얼굴 가리며
그대와 함께

사랑의 보따리 풀어
수줍은 안개 잡아

얼굴 가리며
사랑을 속삭일제

안개도 시새워하는지
숲을 두고 떠나가며
사랑 성공 빌고 가네.

빗소리 2

7월 장마 소낙비가
가냘픈 여인의
눈물처럼
주룩주룩 흐르는구나

먹이 찾아
빗속을 나는
어미 새 울음소리가

빗줄기 전율 타고
메아리쳐 갈 때

날개 접은 호랑나비
메뚜기가
튀어 나는
날개짓이 무거워지네.

하늘 청소

칠월 장마 찾아오며
비구름
실어 오다가
하늘에다 펼쳐 놓고

날고
기고
피는 것들
번개 소낙비 뿌리더니

어느 장군 힘이었나
하늘청소 하고 가니

햇님 방긋 웃고 오네.

별빛되어 하늘일세

눈부신
햇빛은
구름위에 쏟아지고

구름녹아
쏟아져서
대지위에 꽃배 띄우니

어둠 속으로
가로등불
꽃을 피울 때

튀어오른 빗방울이
별빛되어
하늘일세.

하늘 꿈

저 하늘 벌판처럼
내 꿈 마음 펼쳐두니
빛이 나는데
세상바람 몰아쳐서
꿈을 지우네

인생바람 갈기갈기
찢겨 날려도
바람 따라 주인 따라
꿈은 심지만
봄바람이 싹 틔우고
세상은 싹을 키우는데

인생 황혼바람
누가 막으리
주인 없이 몰아치는
인생 바람 하늘 꿈을.

섬마을

섬마을 선착장에
어둠이 내려지면 별빛달빛 찾아와서
바다깊이 깔아지면 색색차림 춤바람에
모여드는 고기떼들 백화장터 열어지네.

여름밤이 깊어지면
하늘도 가라앉아
야경천하 두 세상에
가로등불 친구되고

그림자 내려 잠수하니
수중야경 유혹 앞에
어이 마음 던지지 않을 수 있으리.

섬마을 8월 더위 선착장 돗자리에
더위 찾아 날리는 옷자락마다
꽃 가슴 열어 날리게 하는
여름밤의 섬마을이구나.

땅 뒤지기

눈부시게 찬란햇빛
초목위에 쏟아지고
받아주는 보름달은
별빛담고 쏟아지네.

낮이싫단 부엉이는
들쥐간장 애태우고
낮이싫단 박쥐들은
모기간장 애태우네.

흙 사는 뒤지기는
세상싫어 안나오고
이름없이 떠돈구름
장마이름 짓고가네.

뒤쥐기가 지난길은
못핀꽃이 슬퍼가고
장마이름 짓고간뒤
슬픈고아 두고가네.

호박꽃

칠월은 나에게
호박꽃 향수를 풍겨줍니다.

노란 꽃잎 피었다가
노란빛 그대로
수줍듯이 오므리며
고요히 지면서도
아쉬움 주며 떨어지지요.

밤이면 반딧불 찾아와
앉으면 노란색 등불되어
불꽃 축제 되어지고

호박꽃대 피는 칠월이면
마음 열어 어린 시절 떠오르니
소꿉친구 얼굴들이
꽃잎같이 생각나지요.

해변에

달 밝은 여름 밤
잔잔하게 밀려오는
파도 따라 걸었지.

약속이라는 말도 없이
무언으로 손을 잡고
해변을 거닐며
사랑을 속삭였지.

꼬옥 잡은 손안엔
불꽃이 피워지고
달빛에
구비치는 노을이
마음으로 밀려 들 적에

너와 나의
눈빛다짐은
명사십리 해당화도
시새워 잠을 깨어
꽃을 피워 주었지.

파도는 모래 위를
깔아 뒹굴고
깨어지는 파도는
명사장을 울렸고
발자욱 지워오며
숨바꼭질하였었지.

달을 보며
노래하고 하모니카
불며 춤을 추던
명사십리 여름 달빛에
해당화도 같이
즐겼었지.

그때 추억, 오지 못할
환상의 야경을
무심한 저 달은
구름 밖에 나더니
공연한 내 심사를
산란케 하는 꿈이 되었네.

두견새

남산 야월
공원계곡 두견새는
한 여름 긴긴 밤을
피나게 슬피 울고
구름 먹은 초생달빛
쓸쓸하게 비춰지니
한 맺힌 이 심사를
산란케만 하는구나!

3 부

·
·
·

가을

그 쓸쓸함에 대하여

가을풍경

쉼 없이 오가는 계절
여름이 아쉬움만 남기고
소리 없이 떠난 자리에
가을이 자리를 잡아
오곡을 익혀들고
초록빛 강산위에
오색물감 뿌려오네.

쉼없이 밀려드는
가을파도가
바위 깨어구르며
물거품 꽃 피웠다.

봄부터 가을 찾아 뛰어오던
국화도
꽃망울 터트리며
서리꽃을 부르는구나.

저물어 가는데

앞만 보며 사노라니
땅을 보지 못하였던가
삶만 보며 사노라니
계절을 보지 못하였던가
이렇게 탐스러운
가을 모습을 바라보니
눈 부시어 부족함 덮기 위해
높고 푸른 하늘을
보지 못하였나 보네
벌써 가을이
저물어 가는데….

코스모스

연못가에 피어있는
가녀린 코스모스
그림자는 호수 푸른 물에
잠겨졌지만
꽃잎 젖지 않고
붉게 피어나고
살랑 바람에 이리저리
포즈 취해 모델되어
쉬어가는 뭉게구름 호수에 담고
날아가는 철새들을
호수로 불러모아 둥실둥실
살랑살랑 바람에 나뿌끼는
가을호수 주인공은
코스모스 너로다.

가을 밤의 그리움

가을이 내 마음을 기다리게 하네
소식 보내 올 사람 없는데

가을이 내 마음을 젊고 싶어지게 하네
써본 적 없는 편지를 쓰려고
기다린 사람도 없는데

가을이 내 마음을 흔들고 있네
그 어데서 나를 부를 것만 같아

그래서 나는 펜을 들어
글을 써내려간다
높은 밤하늘 별들이 수놓은 밤
옹달샘 물을 마시니
만월이 입술에 걸리고
내 모습은 달빛에 걸려
밤도 길고 시름도 긴
가을 밤이어라.

기러기

달밝은 가을밤
부엉이 잠든 산 깨우고
달빛도 흐르는데
홀로 울며 날아가는
짝잃은 저 기러기
찾는 임 어데인지 몰라
소리쳐 불러보지만
조각달은
서산마루에 서성이는데
울며 울며 날다가
배가 고프고 목이 메여
힘에 지쳐 날다가
한낮의 범산 골에
잠에 취해 떨어질라.

가을 비 우산 속

꿈속에 쏟아진 가을비는
슬픈 가슴 깊이 적시고
종이 우산 하나로
두 몸을 가리니
비에 젖는 길이
하나가 되고
파도 같은 머리결에
빗방울도 떨고 가네
향기 젖은 입술에
사랑을 꽃피우고
바람 따라 우산이
하늘로 날려도
사랑만은 비에 젖지 않고
걸어갔었지
잠이 깨일 때까지.

가을 산 길목에서

하늘은 더 높고 높이 오르고
초록넝쿨 가지마다
열매달아
내린 볕에 색색으로 익는구나
나뭇잎은 연지곤지
오색으로 단장하고
쟁반 돌 사이사이
푸른 물 굽이굽이
돌고 돌며
소리쳐 떠나가고
타는 해 바람 잡아
오곡 태워 말려드는
가을 산 길목에서
바위 사이 끼어있는
저 낙엽은
해묵은 낙엽일진데
새 주인 기다리나
떠날줄 모르고
가을비에 울고 있구나.

조각달빛

여름은 말없이 떠나며
코스모스 남기고 떠났네
가을은 산들 바람으로
코스모스 꽃을 피우고
하늘은 푸르고
푸르게 물들어 하늘로
하늘로 오른 사이
깨어진 조각달빛이
갈잎 슬피 울리는구나
가을이 밤을 키워
못다 한 사연에 잠못 이루는
이내 밤만 길고도 길구나.

이별의 가을산

가을 산을 찾았네
노래하던 산새들
보이지 않고 다람쥐 청솔모가
도토리 입에 물고
낙옆 엽서 띄우는구나
찬바람도 주인인 듯
잠든 가지 깨워가니
끄덕끄덕 흔들흔들
단풍잎 떼어 놓은
이별의 가을산아
계곡물도 이별이 싫어인지
바위 밑에 울고 있네.

외 면

푸르던 나뭇잎
찬바람 서리 맞아
그 모양이 처량한데

가을국화 위에 앉아
슬피 우는 두견새야

너는 왜 오늘도
지는 꽃만 슬퍼하고
지는 낙엽 외면한 채
울어 주지 않으니
보는 마음 슬프구나

푸른 계절 잎속에서
둥지 짓고 알을 까던
그 시절을 어이 잊고
박절하게 외면하는고.

숨바꼭질

지난시절 분주했나
갈색잎의 사이사이

조롱조롱 청실홍실
제멋대로 매달려서

살랑살랑 가을바람
잎새마다 숨박꼭질

하늘보려 자라더니
땅을보며 무상타네.

가는 세월에

빨간단풍 떨어지며
머리위에 낙엽되고

노란잎은 떨어지니
어깨위에 낙엽되고

빨강노랑 심심낙엽
한데엮어 모아다가

당신하고 나사이에
추억으로 엮어둘래.

가을 사랑

가을바람에 구름밀려
높이높이 올라가고

가을바람에 낙엽밀려
오색단풍 만들며

가을바람에 옷깃 여며
사랑마음 마르려나

동백꽃 사연 전해줄래.

마술 바람

가을바람 마술바람
푸른잎 붉게 물들이고

가을햇살 마술햇살
열매에다 오색칠하고

가을하늘 마술하늘
구름녹여 화폭만들 때

이마음도 마술사인양
천지 마음 그려지네.

무지개

가을구름 석양빛에
오색하늘 물들이고

아침햇살 안개위에
무지개로 떠오를때

이끝저끝 무지개끝
어느사랑 중매하고

다리놓아 햇님영생
주례서려 하나보다.

물안개

가을바람 불어와서
물안개를 만들고

가을바람 불어와서
잎잎마다 물들이네

율동공원 물안개에
햇님얼굴 흐릴적에

장군얼굴 그려넣어
천사선녀 되어지며

쓸쓸함이 가슴속에
사랑안겨 주려하네.

사무치는 그리움

가을비 젖어
떨어지는 너 단풍아

절절한
아쉬움이었나
붉게 타
바람에 쓸리나

사무치는 그리움
단풍잎되어

이가을 다가기 전
따스한
장군 품에
안겨보고 싶구나.

갈대숲 둥지

숨어사는
너 새들이여

행복살던
갈대숲 둥지가

가을바람에
폐허되어

우는 소리
메아리가
산장을 울리는구나.

낙엽장터

가을바람 요술바람
낙엽마다
소근속삭

바람마다 소근되며
새싹마다
날려지는

낙엽장터
전시장이로다.

숲 매미

청산에 쏟아지던
눈부신 햇살이
가을에 밀려 빛을 잃어가고

한여름 열창하던
숲속 매미들이
목이 메어 무겁게 우는구나

들판을 색색
물 들였던 꽃들은
꽃잎 접어 씨앗 익히고

나뭇잎 사이 깜박이던
가로등 빛은
스치는 가을바람에
빛내려 움추려 잠이 드니
날으는 철새들도 길 잡아
아쉬움에 취해
목메어 잠으로 꿈으로 가네.

봇짐

아쉬움 흐르는
여름도
조용히 자리를 떠나니
모든 것들
가을준비 서두르는지
해도 짧구나

벌판은 황금색 깔리고
갈 곳 찾아 준비 속에
마음 설레고

마지막
생명의 불꽃 피운 가을에
소리 없이 내려주는
구슬 빗방울
목메어 울어대던
가을매미도
빗물 따라
갈 곳 가려네.

황금꽃

가을오니 산에들에
황금꽃잎 피어지고

세월가는 인생길엔
황홀꽃이 피는구나

가을되니 산에들에
황금열매 달아지고

인생가는 굽이굽이
한숨꽃만 피는구나.

가을이여, 바람이여!

가을바람이 낙엽 날려
창문을 두드리니
사색에 쫓긴 마음
새우잠을 깨워가네.

가을이여, 바람이여!
너에게도 우정이 있다면
내 사연 좀 전해다오.

남자계절 가을인데
잠 못 이루고
달꽃 별꽃 피는 창가에
사랑 찾아 깊은 밤을
홀로 피어 있더라고

바람이면 지나가고
사랑이면 들어와서
술래잡기 달래주고
꽃 피며 쉬었다가 낙엽 따라 가다오.

산사의 풍경

산사에 목탁소리
낙엽 달래 보내고

법당에 염불소리
떠난 낙엽 달래주네

산행길 자욱마다
가을소식 엽서되고
귓가에 스친 바람
겨울소식 전해주는데

법당에 불경소리
어이 업보 못 재울고

현세에 벗지 못함
내세에 어이하려고
법길 쌓아 갈 것을.

소쩍새 울음소리

청색잎 단풍되어
바람에 춤을 추며
산기슭을 날리고

안개비 쫓아와서
산허리를 감아돌며
산행을 막아서네

산봉우리 술래하고
소쩍새 울음소리
갈 길 찾아주는구나.

가을 호박

창밖 언덕에
말없이 피고 지는 가을 호박아
뒤늦게 꽃을 달고 호박을 키우는가

햇볕은 기울어서 하루가 금방가니
모든 것들 겨울 피난 보따리
짐을 싸는데

너는 어이 꽃피워서
호박 키우려하나

먼저 키운 동이호박 주홍빛 아름인데
못 다한 꿈이 있나 계절을 잊어선가

앞에 오는 겨울이야 한번 가면 그만인데
이제 키운 어린 호박 언제 키워 익힐 건가

보는 것도 가는 것도 강한 것도 약한 것도
계절 따라 사는 건데 어이하려고….

우박

가을바람 구름잡아
천둥우박 내려치니
물든단풍 잎새마다
생이별을 하는구나.

갈대숲은 갈잎노래
멧새떼도 열창할때
설빙우박 쏟아쳐서
피난길에 멧새떼들
합창울음 떠나가네.

오색엽서

산사의 종소리가
귓가에 흘러들고
노승의 염불소리
마음을 비워드네.

산사 찾는 중생업장
걸음 번뇌 찾을 적에
가을에 띄운 엽서
못다 보며 지난 길에
가을낙엽
오색엽서
머리위에 뿌려질 때
사연 담는
가을바람 엽서 들고
알밤 쳐서 던지는구나.

코스모스 계절

짙어가는 가을바람이
코스모스 꽃잎 밀어 춤을 청하고
들길 따라 어미 찾는 송아지 울음소리

황금들길 따라
메아리쳐 가는 코스모스 계절
꽃길 보며 그리워지는
그때 그 가을이 있었지

옛 이야기 되어버린
추억들 창가에서 중얼거린다
또다시 못 잊어 하는
때가 있을까 라고
코스모스 가기 전에
기다려지는 가을이어라

빨간 단풍잎 부끄러이
창밖에서 손짓하며 내리는 너의 모습이
어쩌면 인생의 허무함
가을은 더욱더 슬퍼 낙엽 깔아가는구나.

나뭇잎

여름내내 자라
푸르렀던 나뭇잎
가을에 밀려서 물들어지고
다그치는 찬바람에
가지마다 떨려 날리니
모든 짐승 색동잎으로
월동준비 한창이구나.

남도 소식

월출산 월출봉은
솟는 해에 술 취하고

법당에 염불소리
귓전에 흘려들 적
딱따구리 고목 쳐서
산골을 울리는구나

월출봉 오른 길에
땅 끝 가을이 띄우는
낙엽 엽서가
가을바람에
남도 소식 접어
전해주는구나.

4 부

. . .

겨울

그 황량함에 대하여

북 풍

북풍손님 깃발날려
천지를 몰아치니

온천지 대지 위가

색색빛을 갈아입고
서둘러 낙엽되어

갈길 바삐 찾는구나.

하얀 눈꽃

낙엽지는 가지마다
하얀눈꽃 피어나고

겨울백화 피고지고
졸랑졸랑 매달린감

하얀모자 씌여지니
목화송이 어색타네.

너 동백꽃아!

만물은 잠들고
설한풍 몰아치는데도
홀로 핏빛으로 꽃피우는
너 동백꽃아!
양귀비나 장미처럼
화사하게 피지는 아니해도
코스모스 들국화마저
시들어버려
쓸쓸함 달랠 길 없는
이 마음 너로 하여
외롭고 삭막하지 않구나.
두툼한 꽃잎으로
노란 꽃술 감싸 돌며
곱게도 피어주는 너 동백아!
정녕 너야말로
신의 축복받은
어여쁜 꽃이로다.
내
너를 보며 이 동절에도
고독을 달래련다.

첫 눈

새벽 열어
하나둘씩 내린 눈에
감회가 깊고

자비의 모습으로
만인을 밟아사는 남 다름에
오늘도 잠 못 이루는
밤이 되겠지.

먼 곳에서
성황당처럼 바라보는
당신의 잠 못 이룸이
무엇을 말하는지
나는 알고 있기에

하얀 백설되어
하얀 눈꽃처럼
심신에 건강이 피어나길
한 해의 끝 달
첫눈을 맞으며 기원해본다.

눈 옷

어디로 가는 길에
넘쳐 뿌렸나

어디로 가져 가다
떨어뜨렸나

천지를
흰옷으로 갈아 입히고

가는 길 재촉하며
파란 하늘에
맡겨가네.

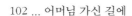

참 새

겨울바람 거세게
산을 울린다

함박눈 앞세우고
산에 들에 지붕위에

눈사막 되었네

날린 눈 얼굴에다
눈꽃 싼타 만드니

참새 선물줄까
지지배배 따르네.

새 해

하얀
백설 덮인 대지를 바라보며
삶의 걱정에 잠 못 이루고
이리 저리 뒤척거리네

오늘과
내일을 오가며
행복된 삶을 찾아
새해를 맞는
갑신년생 잠 못 이룰까봐

조용히
더 쌓여 주는 눈송이에
마음 부풀며
조심이 따라가보네
숨겨진 행복
그곳에 있으려나
마음 조이며 말야.

겨울 산

겨울산의 메아리는
돌아올줄 모르는채

겨울나무 눈송이는
어느화가 작품인고

불러봐도 주인없이
갈잎울음 슬픔이네!

겨울이 오는 자리

아쉬움만 가득한
가을도
자리를 떠나고
가랑잎만 쌓여지는
한적한 거리에
짐을 벗는 가지만이
쓸쓸하구나

금빛 잔디 깔았던
가을들판에
볏단 쌓이고
겨울손님 밀려오니
생명의
불꽃은 꺼지고
소리 없이 내린
구슬 비에
몇개 달린
붉은 감도 슬퍼하며
까치를 기다리네.

연극무대

겨울문턱 앞둔 숲속
연극 끝난
무대 같고

잎을 잃은 나뭇가지
산새 앉자
잎이 되어
쓸쓸함에 울어대네.

골짜기 흐른 물엔
개구리 떼
떠나가고

능선에 부는 바람
가지 치며
울며 넘는
겨울무대
슬픈 계절 연극일세.

월 동

거친 바람에 갈잎 울고
갈잎 울음에
산천 울리는구나.

다람쥐 청솔모는
온 산을 누벼대며
월동준비 한창인데

불청객 아낙네들
도토리 줍는 손길마다
꼬리털 높이 세워
아낙네 쫓는구나.

겨울살이 줍지 말라
경고농성 울어대고
청솔모 다람쥐들
겨울재촉 한창이네.

겨울 잠

산에들에 온갖것이
깊이잠든 겨울길에
새소리와 바람소리
잠자듯이 고요한데
바위틈의 계곡물이
쫄쫄대며 소란쿠나

하늘에서 뜨는해는
밤낮가려 비추는데
어찌하여 찬바람은
풀잎나무 말리면서
잎을내려 잠재우나

동잠없는 모든것들
산에들에 물위에서
슬픈고독 울부짖어
너를향해 메아리니
햇님너는 어찌하리
원망마다 슬픔인걸.

첫 눈

아침열며 내린첫눈
출근길을 지워막고
설렌발길 자국마다
사랑마음 그립구나

눈송이의 사이사이
그님곁을 달리지만
눈을못봐 모른건가
사랑없어 모른건가

나뭇가지 빈손끝에
눈꽃피어 설렐텐데
칼바람이 무서워서
사랑마음 못피웠나

사랑타는 꽃향기가
백설위에 천사되어
하늘에서 꽃피려고
첫눈잡아 매달린다.

겨울풍경 1

온갖풀잎 깊이잠든
심심산골 겨울마을
초가집의 굴뚝연기
가슴쿵쾅 설레게해

새소리와 바람소리
침묵으로 휘어잡고
파란하늘 독야청청
변함없이 밀어가네.

겨울풍경 2

송곳바람 끝 무뎌지고
눈꽃으로
대지를 깔아주니
추억에 설움 밟고
무심이 걷는 발길에
자는 산 꿩 깨우는구나.

나는 바람 가지 쳐서
눈꽃 내려 뿌리고
고목 치던 딱따구리
자리 피해 나는구나.

산기슭 마른 숲

입동이 찾아왔다
인사가 끝나인지
손끝이 싸해지고 맑은 하늘 오르고
매선 햇살 등에 업고
산길을 찾아드니 엉클어진 덩굴 쌓여
우뚝 솟는 참나무 가지 이곳저곳
덩그런 까치둥지만
외롭게 얹혀있구나

깊은 산길 따라드니
해묵은 가랑잎 썩은 냄새 구수하고
백년생 고사목엔 딱따구리 부부동반
사생결단 부리쳐서 고사목을 쪼아대고

산기슭 마른 숲엔
이름모를 잡새들의 울음만이
처량하게 들리는구나.

겨울 나무

아침햇살 등에업고
서쪽산길 들어서니
불청객에 놀란토끼
낙엽치고 떠나가네

줄기줄기 산비탈에
알몸나무 늘어서서
찾아드는 산새들이
귀찮단듯 과묵하네.

행복꽃

눈 내리는 창밖에
말없이 피어주는
동백꽃아
모두가 겨울잠에 꿈을 꾸는데
어이하여 핏빛처럼
붉게 피는 너의 모습
찬란하여라

꿈도 한도 피지 못한
한 쌓인 마음을
동백아 너와 함께
꽃이 되어 달래보며

찾아주는 동백새와
친구되어 이꽃 저꽃
중매하고 꿀을 나누며
북풍 잡아 인생 잡아
행복꽃 피리.

동백꽃아!

빨간 얼굴에
눈송이 모자 쓰고
설한풍에 곱게도
피어 있는 동백꽃아
무엇의 넋이길래
이웃 없이 홀로
피고 지느냐.

나비님도 꿀벌님도
잠이 들어 못 오는데

강남제비 돌아오면
꽃 피었다 가더라고
너에 마음 전하리라.

겨울풍경 3

동지섣달 달그림자
등대 위에 차고
한겨울 거센 파도 몰아쳐서
물안개 만들 때
뱃고동도 얼어붙어
목 메이며 완도항을
울려주네.

바람소리 울부짖고
부딪치는 파도소리에
단잠 깨운 완도항아
기나 긴 밤새도록 슬피 울며
등대불 벗을 삼는
기러기 그 심사를
유자섬아 말해주렴.
바다 위에 울지 말고
섬마루에 쉬었다가
뱃고동이 울어 줄 때
잠 깨워 나르거라.

꽃잔디

가을이 고요하게
아래로 낮추니
겨울이 힘을 실어
밀려 오는 바람에
나뭇잎 서둘러
짐을 싸는데
꽃 잔디 못다 했나
꽃 피어서 막아보네.

망부석

눈아 내리지 말아라
사랑하는 얼굴 가려질라

겨울이면 오는 눈이지만
혼자 걸으며 발자국 남기니
쓸쓸해지는구나
머리 위에 눈이 쌓여도
그리움에 무겁지 않고

눈아 내려 내 몸 덮지만
쌓인 마음 덮지 못하고
외로움 발자욱 지워주니
백설에 망부석 되었네.

동짓달

동짓달 달그림자
하늘 위에 차
내 그림 만들고

벌거벗은 가지마다
스치는 바람소리는
긴긴밤을 지새워
울부짖는구나.

뱃사공 지켜 온 저 등대는
밀린 파도 벗 삼아
오늘도 자지 못한 채
밀려오는 물결 보며
밤새워 가는구나.

5 부

:
:

인생

그 묵직함에 대하여

그곳에 살고파라

저 무인도에 살고 싶어라
지평선 저편 외딴섬에
끝없이 밀려드는 파도가
갯돌과 속삭이는 해변

원시의 꿈이
지금도 고요하게
잠든
무인도에서 글과 함께

밀려드는 파도가
구르고 구르며
자갈을 울리고 가는
저 무인도에서

밀려드는 파도와
높고 푸른 하늘 무지개길
그리고 섬과 함께
글을 지으며 그곳에서….

기다림

가자, 행복을 찾아서!
그 목마른 행복을 찾아
얼마나 뛰어왔던가.
그립던 그 행복
앉아서 기다리지 말고
뛰어 가자, 거센 세상길
헤치고 행복 찾아서
긴 세월 달려 왔건만
부풀음 만산이 되어
길을 막아 슬프게 하는구나.
가자가자, 속이 텅빈 고목에
꽃피어
나를 달래주는데
슬퍼 말고 험한 가시밭길 헤쳐
나의 행복을 위하여가자.
그래 저 세월 믿지 말고 가자가자!

세월 따라 인생

마음 가는 곳까지 훨훨 뛰어 가보세.
물 건너 땅이건 하늘이건
훨훨 날아보세.
푸른 숲 푸른 물결 헤치며
훨훨 뛰어 보세.
하늘 나는 기러기 구름 속 파고들고
뻐꾹새 울음소리 산을 넘어 멀리멀리
바람 타고 날아가고
산꿩 터는 날갯소리 들판을 울려든다.
살금살금 바삭바삭
멧돼지 발자욱소리
숲을 울리고 바람 잡아 옷깃 날리는
나그네 발걸음이 하염없구나.
어데가 종착인가
구름 같은 인생아
하늘은 잡을 수 없고
땅은 잡을 수 있지만
지고 갈 순 없는 것
그럭저럭 인생만이
오가나 보네, 저 세월 따라서….

마포의 밤

상암동 갈대숲 공원
청춘을 달구고
경기장 라이트는
응원을 달구는구나.

서산에 야월 빛은
강물 깊이 달구고
마포나루 유람선은
노을 깔아 출렁출렁
꿈나라로 가는구나.

선착장 끝자락에
강물 잡고 빛을 잡아
밤 추억 달구려니
물도 달도 떠나가는
외로운 마포의 밤 부두여!
다시 약속 못 하련다
가는 세월 때문에….

허공으로

내 사연 땅 위에 누워
낙엽처럼 쌓이고
내 희망 풍선되어
허공으로 떠가고
되돌아가려니
남은 세상 안개가려
육신이 막고
이어가려니 해와 달이
놓아주지 않으니
뜬 세상 의지하고
뜬 구름에 팔자 없고
허공으로 허공으로
가는 사람아!

꿈

그리던 꿈
이루지 못함을
서러워 하지말자.

세속에 숨어있는
오묘한 것들을 찾으리라.

하늘에는 해와 달 별빛이
땅위에는 초원의 생명이
솟아 넘치는 생과 삶의
찬란한 빛이

하늘과 땅위에 빛날 때
그때 생에 영광된 꿈을
마음껏 성취하리.

그리고 두고 가리라,
흔적도 없이.

나

이 세상
존재하기 위해서
신체의 탄생이요

이 세상
생활하기 위해서
정신의 탄생이라

하나되어 구성된
우리 존재의 일체가

되지 못함이 불행이요
일체가 되는 때
행복의 생활이라.

삶

고요하기 위해선
달이 떠야 하고
따뜻하기 위해선
봄이 와야 하네.

행복하기 위해선
마음 비워야 하고
비우기 위해선
심심을 키워야 하네.

중심

나의 인내가
많은 이에 고통을
아름다움으로 만들고
나의 고통이
많은 이에 마음을
아름답게 만들고
많은 이에 사랑이
나에 인생을
아름답게 만들 때
우린 큰 우주사랑에
중심되어 행복하게 살 거라고….

나는 잊었다 모른다

나는 봄을 잊었다 겨울잠에서 깨어나
만물에 싹 틔워 꽃 피우는 것 외에는

나는 여름을 잊었다 싹 틔워 꽃피운
봄에 것들을 따뜻이 안아 키우는 것 외에는

나는 가을을 모른다 따뜻이 잘 키워
잎과 열매 거둔 것 외에는

나는 겨울을 모른다 봄 여름 가을동안 살아온
자연들을 겨울 잠으로 쉬며 잠들게 하는 것 외에는

내가 아는 것은 생활의 항아리에 빠져
삶이란 더 큰 의문만을 꿈꾸며 산다는 것을….

기다림

사랑을 위한 기다림을
떠오르는 하늘에다
띄워 놓고
달님에다 사랑 심어 키워서
사랑하는 사람의
해와 달이 되어
계절풍에 마음 띄워
행복 꽃 필 때까지
정을 날리며 별이 되고 싶었네.

울고 싶었는데

울고 싶었는데도 나이가 부끄러워 울지 못하고
울고 싶었는데도 얼굴을 가릴 게 없어 울지 못했네
울고 싶었는데도 슬픈 자 부끄러워 울지 못하고
울고 싶었는데도 일들이 기다려서 울지 못했네
울고 싶었는데도 내일이 기다려 울지 못하고
울고 싶었는데도 생활이 무능해서 울지 못했네
울고 싶었는데도 저승부모 슬퍼할까 울지 못하고
울고 싶었는데도 자녀들이 부끄러워 울지 못했네
울고 싶었는데도 세상사 끝이 없어 울지 못하고
울고 싶었는데도 울 일 너무 많아 고르지 못해 울지 못했네
울고 싶었는데도 병든 마음 나만인가 울지 못하고
울고 싶었는데도 울고 싶은 세상 끝이 없어 울지 못했네.

기로에 선 인생

동해바다 용왕님
햇님을 앞세우고
서해바다 용왕님
햇님을 재우는구나

남해에 강남신은
제비를 앞세우고
북방신 설한풍은
만물을 재우는데

기로에 선 인생길은
어이하여 알길없고
늙은 모습 백발만이
오늘도 즐겨 솟는구나.

호수에

잔잔한 호수에다
몸과 마음 담아들고
기쁜 일 슬픈 일
즐거운 일 괴로운 일
호수에 맡겨 놓고
송사리 놀이하니
물안개가 안아들며
세상 마음 잊으라네.

윤 회

오면가고 오면가고
인생약속 누가했나

약속몰라 사는인생
가는준비 하나없고

받는세월 넘쳐나고
주는세월 야속하니

주신부모 어데찾아
다시주오 전할텐데

찾는주소 알아보니
저세상의 주소라네.

삶과 이별

안개비 자욱히 내리는
칠월 공원묘지

백옥 같은 한복차림
맺힌 사연 그리 많아
저리 슬피 우는지요.

청개구리 사연 같아
공원묘지 슬피 울 적

울고날던 백노 한쌍
원을 그려 슬피 울며
가던 길을 재촉하는

사연 많고 슬픔 많은
안개 덮인 아침 공원아.

늙음과 젊음

청년은 미래의
희망에 살고

노인은 옛 추억에
산다.

청년과 노인의
미래 추억
모두
오늘 일순
내일 일순

그것들을 먹고
있음이라네.

인간 시장

아침이슬 질 때까지
부르는 손짓없어
보따리 어깨 메고
되돌아 집을 찾는
인간시장 사람아!

뿌린 씨앗 사춘기라
연지곤지 화장하고
아빠얼굴 바라보며
손을 내민 자식앞에
초라해진 모닥불 새벽 손님,
속절없는 한잔 술로
내일을 달래보는
일일근로 사람아!

보내며

케익위에 장미송이 생일꽃이 되어지고
목판위에 국화송이 저승꽃이 되어지네

가며받는 꽃송이여 앉아받는 꽃송이여
케익위에 촛불이여 노젯상에 촛불이여
임을보낸 곡소리여 세상만난 흥노래여
가는약속 알았다면 공덕쌓아 살아볼걸

국화송이 하나없고 무언으로 가는것을
공수래공 공수래공 가사없고 곡도없는
허공속에 빈손되어 허무하게 가는것을.

백팔염주

새벽 열어
천리길 달려와
연주암 오를제
인연에 발길은
그리 무거웠던가.

백팔염주 손에 들어
법당에 합좌하니

중생아 중생아
잠시 업보 짐 내려놓고

나를 보라 하실 적에

백팔염주 놓지 못한 채
연꽃되어
바다 위에 떠있었네.

행복이란 두 글자

행복을
찾고 있는 것이
어데
무엇에 있는지
꿈속에 살아가는 것일까.

내마음 모든 소망을
행복이란 이름표로
부르고 있네.

연에 따라 변해지는
끝없는 삶을
세상 흐름은

내마음 괴롭히고
행복이란 두글자는
끝도 시작도

보이지 않고
세월만 가는구나.

생 아

내 삶의 앞에는
오늘처럼 번뇌의 파도가
물결치고

내 생의 뒤에는
행복과 슬픔의
추억만이 깔려있네.

내머리 위엔
떠도는 구름만이
무겁게 떠돌아가고

내 아랜
지난 발자춰마다
기억도 소리도 없이
추억으로만 가는구나.

내 인생

내 인생
목표를 잊었나 봐

나는 인생을 바르게 살았지
그러나 결실은 너무 작았다.

나는 정열을 꽃피웠었지
그러나 열매는 미움이었다.

나는 세상을 바로 보았지
그러나 댓가는 비웃음이었다.

나는 행복이 목표였었지
그러나 열매는 괴로움이었다

나는 공기를 사랑했었지
그러나 대답은 태풍이었네.

안개속처럼

자욱한
안개 속을 거닐면
희미한 돌과 나무들이
제각기
외롭고 쓸쓸하게
홀로 서있네.

나무들도 바위들도
안개 막혀
서로가 보이지 않아
모두가
혼자가 되어있네.

안개 속을
홀로 거닐면
허전한 마음 착잡해지네.

인생이란 안개 속처럼
고독한 삶인가 보네.

바람, 추억

잊어가는 추억에
노래가락처럼

저푸른 하늘 아래
꿈 같은 집을 짓고

구름같이 떠다니며
슬픔 기쁨 같이하고

남쪽가면 남풍되고
북쪽가면 북풍되는

마술 같은 바람처럼
세상 바람따라

인생 인생 살아간 걸
추억이라 불러 사네.

혼자 가는 길

삶은
너도 나도 제각기
각색으로 살아가지만
길은
모두 같은 것

부부에서 가족으로
사회 속에 집단으로
살아 갈 수 있지만

마지막 끝자락에
하나되어가는 것을

그래서 시작은
혼자부터 둘에서 셋

또 모두에게 되돌아
다시
혼자되어 길 가네.

궁 합

물질에다
나를 맞추고

권력따라
처세를 맞추고

명예에다
나를 맞추며

힘에 따라
자비를 맞춤이
명예 존경 출세요

만물의 영장된
삶일지어다.

병마

층층칸칸 병실환자
어떤사연 인연되어
이병저병 지친고통
맨몸으로 싸우는고

가지가지 종류마다
어느누가 생산하여
파는이도 없으련만
찾아가서 가졌을까
지나는길 얻었을까

속시원히 알려주면
남은인생 사는길에
피해살다 가련만은
아는사람 하나없어
고통안고 슬픔으로
하루하루 넘겨가네.

겉치레

겨울의
산줄기 암자
겨울 꽃 바위되어지고
여름 숲 덮힌 암자
여름 선녀 숲되는구나

연못위에 단풍잎은
금붕어가 되어지고
호수위에 청둥오리
유람선이 되어지네

달 없는 63빌딩
바위가 되어지고
달뜨는 남산타워
돛대가 되는구나

인생육신 다 같은데
겉치레가 차별이네.

당신 꽃

흘러가는 저 구름은
누가 잡고
흘러가는 시냇물은
누가 막으랴

솟아 흐른 저 샘물은
새롭게 솟아 흐르고
밤하늘 저 별들은
언제나 그 모습인데

꽃 같은 당신 얼굴
인생길에 시들었는데
시들은 당신 꽃
다시 피울 수만 있다면

천리 먼 곳도 찾아오리라
내 마음 인생 길
영원한 꽃이기에
그칠 줄 모르네.

보낸 세월

나도 모르게
왜 그런지
울고만 싶은 마음을

너무 깊게
뿌리 내린 상처이기에

몸부림치며
울어 봐도
소용없는 이 밤

돌릴 수 없는 세월들
잊어 주리라

형체도 무게도 없는
빈 세월 빈 생인 것을….

바람인 걸

잊는다고 가던가요
그립다고 오던가요

가는 세월이 바람인 걸.

싫다고도 가던가요
밉다고도 오던가요

연 따라서 오간 것을.

운다고도 웃던가요
웃는다고 울던가요

일순 일순의 흐름인 걸.

청 춘

꽃 같은 청춘의 불꽃은 꺼지고
주위를 에워싼 막힌 어둠만이
서산에 노을 지듯

황혼에 다가선 인생길이
덜컹덜컹 산길처럼
굽어서 가네.

조용히 눈을 감아
푸른 시절들

성터처럼 추억만이
엉켜 뒹굴며
삶의 터 황폐되어

오가는 세월에 끌려서
꿈은 끝이 없는데
유턴 없는 인생길만이
나를 울리네.

꿈이여!

인생의 꿈이여!
잠 못 이루고
씨를 뿌려 매달려도
싹도 트지 않고
썩어버린 꿈의 날이여!

인생 꿈, 꿈이여
희망수레에 싣고 덜커덩 덜커덩
그 긴 세월들을 끌어 왔건만
찾지도 보이지도 않는 꿈이여!

생이 다하기 전
싹이라도 보았으면
가벼운 길 되련만

긴긴 세월에
못 다한 꿈이 되려나
오늘도 꾸어 보리라
기나긴 꿈이여!

흐름

아침 출근길 되면
세상이 깨울까봐
조심스레 일어선다

세상의 흐름 따라 나 흐르고
욕망도 시대도 같이 흐르면서

회의와 의심과 믿음의
교차로에 생긴 오늘의 부패된 잔재가
나의 앞뒤를 가로막고 있는
삶을 어이하리

이 자연과 저 태양은
언제나 변치 않고 앞장서 따르라고

우리에게 손짓하며 안아주듯
내 작은 것들에서
소중한 행복으로
큰 삶을 키워가련다.

시와 마음

땅 위에서 글을 쓰니
땅의 시가 되어지고

구름에서 글을 쓰니
구름시가 되는구나

하늘에서 글을 쓰니
하늘시가 되어지고

비행기에서 글을 쓰니
천지시가 되는구나

보는 마음 듣는 마음
가는 마음 오는 마음
주는 마음 받는 마음
글이 되면 시가 되는
시 속에 인생 있네.

나이테

나이를 먹는다는 것
행복하게 살고 싶다는 것
욕구들이 세월만큼 두께를 더해 가는구나

나무들은 한해두해 나이테를 남기고
구차스러운 껍질을 벗기며 해를 맞는데
지난 세월 못 다한
남아 있는 유혹과 미련들을
홀홀 벗어던지고 다시 맞는
나이테를 만들려 하니

어린시절 궁굼했던 삶의 모습이
고향땅에 부모님의 삶처럼
고스란이 살아서
나이테 백발 뚫고
박동쳐 솟는 어제 오늘이
테를 찍어 그리네.

강물도 흘러

영동교 다리 밑을
한강물 흐르고
우리들의
인생도 사랑도 흐르네

마음마다 아로새긴
밤도 오가고 종 울려 가네

울려라 울려
세월도 울려 흐르는데
나는 이곳에 머무나
무궁한
세월의 흐름 따라서

강물도 쉬지 않고
흘러 흘러 가는데
나는 어이 이곳에
어찌하려고
갈길 접고 마음 접어
세월 보내나.

휴대폰

반딧불 잡아다가
호박꽃에 담아 넣어

친구얼굴 비춰보며
놀던 시절 어데 가고

휴대폰 손에 들고
친구얼굴 꺼내 보며

즐겨 하는 세대시절
다음 세대 무슨 시절

저 세상 친구 꺼내
소식안부 시절 오려나.

적색글씨

지울 수 없는 적색글씨
두 번 없는 부고글씨
가지 마오 가지 마오
듣지 못해 가는 사람

아쉬움의 가슴속에
지난 삶의 세월들이
심심 속에 씨앗되며
계절 따라 싹틀텐데

봄이 되면 봄 꽃에 담고
여름 되면 여름 꽃에 담아
가을 되면 오색 낙엽같이
타는 마음 털어 담아
겨울 백설 덮고 자다
봄바람에 깨우소서.

인과

부지런히 노력하면
못 이룰 것 없다 했나
짊어진 전생 업보
내려지지 아니하고

물방울 떨어지면
굳은 돌을 뚫는다 했나
짊어진 전생 업보
떨어진다 소식 없네.

전생 삶이 오늘에 업보인가
오늘 삶이 내세에 업일진데

일순 일순
행복 쌓고 연을 쌓아
전생 업은 현세 묶어
내세 갈 때 내려놓고
삼세에다 탑을 쌓아
영생 성불 연을 맺으리.

부귀빈천

이보우 사람들아
재산과 지위믿고
가난한 나그네를
비천타 괄시마오.

어쩌다 부귀빈천
지위는 다르지만
인간은 본디부터
평등한 것이라네.

아낌없이 주리라

서로를 위한 길
무엇인들 아까우랴
그래도 모자라면
내세에서 주리다.

빈 손

승리해서 좋다지만
원한을 가져오고

패한 자 괴로움에
오늘도 홀로 눕네

이기고 지는 마음
세월에 녹아지면

다툼은 없어지고
빈손으로 돌아갈걸

왜들 그리 모르는고.

바 람

여름 바람이
봄바람 돌리고

가을바람이
여름바람 돌리더니

봄바람이
겨울바람 밀어내는데

세월에 매달린
우리 인생살이는
돌릴 수가 없구나.

6 부

⋮

고향

그 아련함에 대하여

고향 마을

날개 치는 닭 울음에
마을 단잠 깨우고

날개 치는 꿩 울음에
산림 잠 깨우는구나

송아지 찾는 어미 소
밭둑에서 울어대고

논두렁 뜸북새 울음에
계곡물 춤을 추며 흐르고

정자나무 까치울음
기쁜 소식 전해오려나

집집마다 들뜬 마음
대문 열어 하루 여는
고향마을이었지.

섬마을

파도가 울어대는 섬마을에
어미 찾는 송아지 울음소리
골목길 울리고
논밭 갈던 엄마소 울음소리
해변으로 들판으로 메아리 울려가네.

높은 하늘 뜬 구름 햇볕가려 펼치고
코스모스 흔들흔들 바람 잡아 춤이구나.

물레방아 돌아가며 구슬방울 굴릴 때
도란도란 평상마루 온 가족 모여 앉아
오순도순 목소리에 초롱불도 춤을 추고

손에 손에 바늘잡고 고동 까며
모기 쫓는 연기가
엄마 얼굴 주름골 타고
하늘을 날던 밤들
그 시절이 새록새록
눈물겨워 그립구나.

남쪽 하늘 아래

봄바람은 남쪽이 고향이고
겨울바람은 북쪽이 고향이라

구름 고향 어디이고
계절 주인은 누구일꼬

세상은 흘러 오가고
벼슬도 물질도
허무 속으로 사라지는데

내 고향은 언제나
부모님의 어릴 적 사랑처럼
슬플 때나 즐거울 때나
빛 속에나 눈 속에나
세월 흘러도
사라지지도 녹슬지도 않고
변하지도 않고
언제나 삶을 위로해 주는
저 남쪽 하늘아래 고향아!

탯 줄

탯줄 묻인 고향에 찾아왔건만
뒷동산에 뻐꾸기만 울며 반기네

그립던 옛정에 마음 부풀며
어린 시절 그 속으로 잡아 당기네

추억의 옛이야기 묻고 잠든 땅
흙냄새는 어데 가고
포장길 시멘트 내음만이
고향길 흙내음 빼앗아 버렸고

보리방아 찧던 소리
송아지 울음소리 어데 다 갔고
밥 짓던 굴뚝연기 보이지 않는
날 버린 고향
난 왜 못 버리고
탯줄 묻힌 고향 찾아
어두운 기억 속으로 달리고만 달리나.

영주암

명사십리 짠바람 거슬러
영주암 처마끝
풍경을 울리고

법당스님 불목소리
바람쳐서
해변을 울리는구나.

파도쳐 물안개는
명사십리 분장하고
밀려치는
암자종소리가
모래알에 업보를
씻어주는구나.

갯돌아

유년시절 눈물겨웠던
애절한 정도리 갯돌 사연아

파도에 밀리고 해풍에 구르며
몇 천 년을 견디면서
둥근 알이 되었는고.

알알마다 사연 있으리
내 사연따라
오늘도 파도는 같이 울며
사연 씻어 밀려가는데

모래언덕 동백꽃은
무슨 사연 기다리다
빨간꽃잎 못다 핀 채

갯돌위에
몸을 던져 뒹굴며
밀린 파도따라
오늘도 쓸려가느냐.

끝 자락

백두대간 줄기따라
남도 땅끝마루에

물길 막혀 줄을 던지니
완도대감 줄을 잡고
백두품에 안기었네.

내친 김에 한줌거리
잡힐 듯한 신지도가

몇 칸 딛고 홀쩍뛰어
발길 뱃길 열렸으니

팔도대감 모두 모아
장보고 초대하고
청해진을 무대삼아

신지교에 짐을 실어
명사십리 모래판에
역사판 만들세나.

새벽예불

영주암 법운스님
새벽 예불에
동해에 태양도
솟아오르고
동백숲 잠을 깨워
햇살받아 빨간 꽃잎
단장으로
도량을 꾸미는구나
108염주 합장으로
삼매에 잠겨드니
명사십리 백사장
심심에 연꽃되고
청산도 여객선은
노을빛에 둥실둥실
백조처럼 둥실둥실
명사십리 휘어돌며
완도항으로 드는구나.

신지대교

설레이는 마음안고
신지대교 찾아왔네
짠바람
마시며 걸었지

바다빛 물결따라
기러기 날갯짓은
노을 속에 하늘거리고

연락선 고동소리
완도항 잠깨우네

밤 새우던
수은등도
짠바람에 힘들었나
햇살덮고 자는구나.

추억 마음

그리움이 파도처럼
밀려드는
추억의 명사십리
달밤아

짠 바람 스치어
살갗을 저미고
밀려드는
노을이 구비치는 빛마다

그대들의 넋을 싣고
밀려 밀려와 주려나
추억 마음 열어 보네.

옛 그 자리

해안으로 밀려드는
파도 따라
노을져 가는 명사십리 백사장아

저물어 가는
오월의 석양이
내일을 기약하며 깔려드는 노을아

옛적에도 그랬듯이
오늘도
그 자리에 그 모습 변함없는데

나만은
노년되어
백발 쓰고 찾아 온 나를
추억 꺼내 울리는구나.

지평선

지평선 위에
한라산이 그림되고

밀려오는 파도마다
그리움 소식 안고
찾아드니

가슴에 모래알되어
백사장을 만드는구나

스쳐가는 짠바람이
옷자락 잡아끌고
마음잡아
산사로 부르는구나

영주암 처마 끝
풍경 밀어 친 메아리가
추억의 명사십리에
향수되어 젖는구나.

섬 나그네

바다 위에 둥실 떠 있는
신지도 상산자락 외로운 영주암에
무얼 찾아 급히 오려 넘어지고
깨어져서 하얗게 밀려온 저 파도여.

갯바람 암자 찾아
풍경쳐 산사 울리고
법당 촛불 눈물로
내 사연 달래주고
법운스님 불경 메아리는
명사십리 모래 업을 깨우고
밀려 넘어지고
깨어져 우는 저 파도가
암자 찾는 외로운 나그네 길
무거운 업되어 슬프게 하는 섬, 신지도.

오늘도 해는 가고
귀뚜라미 달맞이 슬피 울고
저녁 예불 종소리에 세상도 극락으로 잠 따라가네.

강물 하나

한도 많은 대동강아
사연 많은 한탄강아

서울에서 하나되어
지난 이야기
주고 받는데

떠나 온 고향 길엔
잡초만 무성하고

녹 슬은 고향 역엔
맹꽁이 울음소리가
이 마음 애태워서

청산에 홀로 서
울게 하느냐.

푸른 고향

안개 낀 숲을 봐도
고향 숲이고
흘러간 강을 봐도
고향 강이네.

돌담 위에 호박꽃은
달빛 받아 놀고
키다리 꽃 해바라기
해 따라 웃는구나.

백발이 찾아와도
푸른 고향 숲이고
떠난 세월 수 십 년에도
마음은 유년시절
푸른 고향이구나.

부모님 품 속 같은

고향 찾아 천리 길
꿈을 찾아 만리 길

부모님 전
눈물 보이고
부귀영화 찾았건만

그 누가 말했던가
부모님 품 속만은
바꿀 수 없었네.

조상님 전

천리 길 찾아 왔네
고향 꿈을 찾아서

새소리 물소리
어우러진
너를 찾아서

어머님 두 뺨에
기대 울며
눈물나루 건너던 날

세월의 신지도가
완도항에 다리 메고

부르시는 조상님 전
나룻배 없이 반겨주네.

물 레

연자방아 아낙네 노래
섬 마을길 울리고
코스모스 피는 언덕
고추잠자리 쉴 줄 모르네.

풀 뜯는 송아지 뛰며 어미젖 치는 소리
풀잎을 울린 고향이 그립습니다.

아버님 볏집 꼬아 짚신 만들고
어머님 목화솜 말아 물레 실 뽑으니
시골마을 베틀 소리
물레 소리 창밖 새 날으고
풀벌레 울음소리
밤을 지피던 고향이 살아나누나
엄마 얼굴 주름 골에 얼룩진 땀방울 씻고

베틀 소리 물레 소리 잠들던 때가
어젯밤 고향 꿈에 살아 숨쉬었네,
부모님 곁에서.

술잔에 추억 묻고

명사십리 백사장에
가물대는 아지랑이 봄을 알리고
모래언덕 복사꽃은
봄바람에 피었다가 봄바람에 시드는구나

그 시절 못 잊어 찾는 발자국은
파도가 지워주는데
추억속의 사연들은 그 누가 지워줄까
서산에 걸린 초승달아 만월되면 잊지 말고
이 내 추억 찾아다가 바다위에 띄워다오

반백에 묵혀 버린 푸른 시절이
다시 뜨는 만월 속에 비춰 살아도
때 늦는 황혼 길손 달이었다면
못 잊어 술잔에다 추억 묻지 않으련만

너는 가도 다시 뜨는데 나는 다시 되돌릴 수 없는
청춘인 걸 어이하리 이 내 가슴 어이할꼬
술로 채워보리.

고향 정 그리워라

여울에 아롱진 고향 찾아 왔건만
숲속에 잡새들만 지절거리며
그립던 고향 정이 흐려지는구나

유년시절 뛰어놀던
한 많은 세월이
어둠 속 깊이깊이 밀려오는구나

조상들의 잠든 땅 돌아왔건만
초목들도 낯설었나
아무 말 못한 채

바람만이 살랑살랑
나를 울리는구나
누구의 탓일손가
낯설게 찾는 내가
내가 바보지 내가 바보야

남은 세월 찾으리 태 묻힌 땅 고향을.

추억의 그리움

상산 영주암 동백은
선홍빛이 되면서 봄이 지나가고
하얗게 펼쳐진 명사십리 백사장은
여름을 부르듯
오늘도 철썩철썩
쉬지 않고 굼실되며
밀려오는 파도만이
백사장을 울리는구나.

나, 걷는 발자취는 파도가 지워주는데
추억의 그리움은 지울 이 누구일꼬.

파도소리에 추억 지우고
밀린 파도에 발자국 지우노니
어느덧 석양 하늘 붉은 빛에
이 마음 노을 따라
추억 속에 취해지는데
들려오는 영주암 예불 종소리가
취한 마음 깊은 곳을 비워 보게 하네.

만 선

짭찌름한 기운을 싣고
불어주는 바다 바람에
굼실굼실 밀려오는
파도를 가르면서

만선의 꿈을 빌며 깃대를 높이 올려
망망대해 파도 타고 지평선 저쪽으로
흐르듯 떠난 통통배
어부님들이여!

오동추야 달 밝은
완도항 포구엔
어부들에 만선을 기다리듯
밀려드는 파도 따라
갈매기 떼 나르고
일락서산 해 저무니
통통배 어부님들 닻을 내리는구나.

청 해 진

안개 깔린 청해진
아침 풍경은
못 보면 한이 되고,
명사십리
보름달 풍경은
볼수록 유정하구나.

7 부

: :

가족

그 절절함에 대하여

아내 없는 아침

아지랑이처럼
가물거리는
그리움
바람에 실어

꿈에 찾는 얼굴 불러
깔린 안개 속을 거닐다

쿨럭이는 가슴으로
하나되어 날아보면

안개걷혀 꿈이었나
오늘도 찾아올까
잠 못이루리.

꿈 속 당신

어디에 숨어있었는고
살며시
안개처럼 깔려

꿈속에 나타난
그리운 그사람아
인사만 건네다가
손짓없이 사라지는
사랑한 그얼굴

만면 후회로운 말들만
뒤적거리다가
되돌아선 너와 나

또 잠 못이루리
바보바보처럼

오늘도 쓰린 가슴만지며
당신 얼굴 그리네.

어머님 가신 길에

빛이바랜 고무신을
대문밖에 내어놓고
짚단위에 밥한그릇
집을두고 가시나요
이승신발 미련두어
저승가면 신지마오
흙에묻는 엄마신발
후손에게 물려줄까
저승까지 가져가려
미련없이 두지마오
아홉남매 기르시다
하나잃고 가슴앓이
여덟남매 기르시랴
허기져서 가셨나요
무거운짐 홀로지고
오늘까지 오시느라
배고프고 허기지며
해가지면 어찌하나
콩밭깨밭 덜멨는데
아침해는 이리늦나
한줌콩은 우리자식

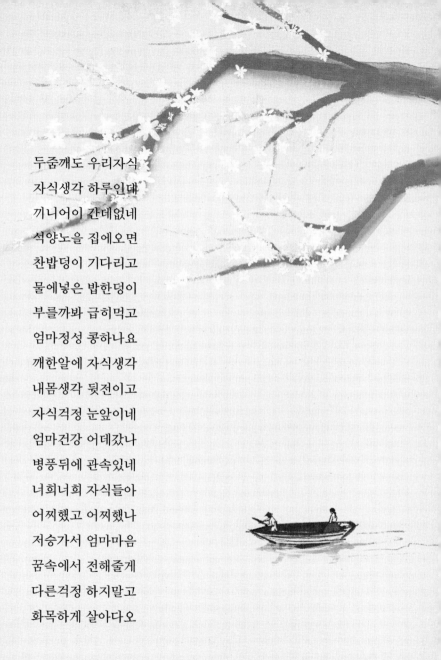

두줌깨도 우리자식
자식생각 하루인데
끼니어이 간데없네
석양노을 집에오면
찬밥덩이 기다리고
물에넣은 밥한덩이
부를까봐 급히먹고
엄마정성 콩하나요
깨한알에 자식생각
내몸생각 뒷전이고
자식걱정 눈앞이네
엄마건강 어데갔나
병풍뒤에 관속있네
너희너희 자식들아
어찌했고 어찌했나
저승가서 엄마마음
꿈속에서 전해줄게
다른걱정 하지말고
화목하게 살아다오

소 식

까마귀 울어대는데
까치는 왜 와서
우는고

부모님 위독소식
천리길

막내 종신 효도하러
왔나 보네.

구름아

흘러가는 저 구름아
어데로 가는 거냐

기약없이 떠간다면
우리손자 사는곳이
남쪽나라 쎄브이니

그하늘 찾아가서
우리소식 전해주고

뛰어놀던
우리 손자 땀방울에
염꽃 피면
비뿌려서 씻어주고

쉬었다가 떠나올 때
소식 달라 전해주소.

형을 보내며

이 세상에서
저 세상으로
형을
돌려 보내고
슬픈
고독의 밤이기에
이 밤이 새면
돌아 오려나 하는
꿈같은 시간만 흐르고

기다릴 수도
돌아올 수도
없는
불면의
이 밤하늘에
환상되어
형의 곁으로
슬픔 밀어 보내네.

이승 저승

밤하늘
초승달을
스쳐간 저 구름처럼
주말되면
형의 얼굴
그려집니다

이 세상에서는 볼 수 없는
저 세상 얼굴
샘물처럼
끝없이 솟아 오르고

밤이면 이승저승
찾아 만나니
우리 삶
이승저승
넘나 살지요.

사랑가

사랑하는 아내여
긴 동안 병마와 뼈를 깎는
아픔들의 싸움을
수술대에 실어 보내며

돌아올 땐
건강 하나만을
가져나와 줄 것을
천지 신명님께 무언으로
빌고 빌면서

꼭 잡았던 손 떼어
밀어 넘기고

돌아서는 마음
감상도 추상도 아닌
현실을 직시하면서
지금쯤
병을 잡으려
온몸을 헤쳐 찾겠지

슬픔과 아쉬움과
행복들
어느 하나 버릴 수 없는
고통과 아픔의 시간들

무언의
약속 또 다짐하지요
병 다버리고
가벼운 건강하나만
가져오기를요

사랑해요 당신
용감해요 당신

이순간도 합좌하며
기도하고 있어요.

떠난 형

파도처럼 밀려오는
고인의 그리움을
모래알처럼
가슴에 쌓아두고
가버린 그 님
지금쯤 허공에서
맴돌고 계시리
어느 업장에서

유년시절 논두렁 밭두렁
메뚜기 잡아주던 형
어느 곳에
어느 인연되어
무엇하며 보내시는지
그 세상 알 수 없어
꿈속에라도 얘기해 주셨으면
하련만, 못 다한
혈육의 정을….

당신

보내기 싫었는데
세월 따라 간
당신

미련만 남기고
알면서도 떠나간
당신

떠나면서도
사랑 남긴
당신

상처된 눈물만이
끝없는 인생길

다시 못 올 세상길이
빗물되어 깔리는구나.

엄마 베틀

초라한 초가삼간 오막살이 좁은 방에
초롱불 켜고
베틀 걸어 밤새우며
한올 두올 북실 밀어
삐그덕 덜그덕 밤잠 못 이루시고
정성들여 베틀 짜며
허기도 견디시며
한 베틀은 서방님 것
두 베틀은 자식 옷 만드시랴

귀뚜라미 우는 사연 벗을 삼아 잠을 쫓고
밤바람에 마음 식혀
고운 베 한 필 두필, 남는 필은 장에 팔아
자식공부 학비로다
밤새운 엄마 얼굴
물 한 박 떠마시며 물에 비친 엄마 얼굴
주름살만 부자됐네
굽이굽이 주름마다 바란 꿈은 많았지만
끝없는 인생고개 주름마다 고비 고비

우리엄마 사는 세상 마음 담고 가난 잡아

저 세상길 안고 가시었네

천사되어 밤이면 찾아와

베틀 노래 부르시리 저승에서 이승으로

초가삼간 그 자리엔 빈집만이

달빛 아래 귀뚜라미 슬피 울고

우리 엄마 베틀 소리

별빛 타고 달빛 타고 저승에서 들려오는 엄마 삶

옛 모습이 밤바람 타고 들리는 듯 보일 듯이

불러 봐도 대답 없는 텅빈 집만이 홀로 남아

나를 불효자로 울리는 한이 되는 고향 밤

부모없는 집 뜰엔 풀 벌레만이

주인 찾아 오늘도 슬피 울며 목이 메이고

찾는 마음 눈물방울 누가 다 셀 수 있으리.

아름다움

이 세상에서
제일 아름다운 것은
사랑으로 가득 찬
어머님의 눈동자이리

하늘에는 별들이 있고
지상에는 꽃이 있다 하여도
나의 깊은 가슴 속
사랑의 샘이 있으니까

그것이 낳아주신
어머님의
아름다운 눈동자
나는 알았네.

엄마 생각

눈송이가 쌓여지니
어린시절 그리웁고

엄마생각 그려지니
어린시절 눈송이가
오늘같은 눈송인데

세월속에 눈송이가
백발머리 만들었네.

부모마음

어린 시절 자라 놀던
곡예 같은 시절이
잠시나마 마음 속에
유년 피로 뛰게 하고
대지에 묻혀버린
어머니의 그 품속이
살아 숨 쉬는 듯 그리워만 지고
자식은 무얼했나
받기만 했던 세월인 것을

묘비 세워 효도일까
제사 차려 효도일까
살아생전 못다 한 효를
부모되어 부모 마음
깊이 새겨보지만
무효인 것을
꿈자리에 포근했던
사랑도 없는 곳을 말야.

부모님 성묘

부모님
잔디 덮고 나를 보며
말없이 살라 하고

고향 하늘 나를 보고
티 없이 살라 하네.

탐욕도 벗어 놓고
성냄도 벗어 놓고

이슬처럼 바람처럼
살다가 오라 하네.

딸 아!

차 창문 내려 내민 손잡고

딸아, 잘 가거라,

딸아, 건강하고

딸아, 잘 살아라,

붙든 손 떼지 못한 채

모성애 정을 주고 받으며 놓지 못했네.

딸아, 이제 가면 언제 만나나,

딸아, 이제 가면 또 만날 수 있을까,

딸아, 그간 못다 했던 아빠에 사랑을…

딸아!

잡고 놓지 못한 손을 통해

보이지도 무게도 없는 아빠 사랑 전달해본다.

딸아, 울지 말아라,

키울 때 부족했던 모든 것들 가슴 가득 남아있어

아빠는 이렇게 손을 놓지 못하는구나.

딸아, 부족한 부모 용서해다오,

죽기 전에 말이다.

딸아, 용서해주지 않으면 가는 길에 짐이 되겠지.

딸아, 아빠 엄마는 바삐 사는

세월들이었기에 말이다.

딸아, 너희 자식들에게 만은

사랑해주고 잘 키워다오,

딸아, 너는 잘 살거라 믿는다,

딸아, 너는 너에 삶 가야 하는 거지.

딸아, 못다한 마음 눈물 멈추고

딸아, 가벼이 가거라,

차가 무겁지 않게 말이야.

딸아, 주섬주섬 반찬거리 가방에 넣었단다,

딸아, 도착하면 연락 주거라,

걱정마음에 잠 못 잘라.

딸아, 싱그러운 새싹이 쭉쭉 뻗어 자라는 오월이구나.

딸아, 부디 잘 가서 푸르고 맑은 오월에

새싹처럼 꽃잎 피워 건강하고 행복하게 잘살아다오.

딸아, 이제 그리움 아빠마음 모두 담아

비행기에 실어다가 하늘 위에 뿌려주면

보고프면 하늘 보며 아빠마음 달래련다.

자애로운 모습

어머님 묘 앞에 앉거늘
천 번을 헤아리고
천년이 흐른다 하여도
나 여기 엄마 곁에
앉아 있으리.

수 없는 꿈 속에서 봤었지요.
어머님에 변함없는
자애로운 그 모습을
오늘도 나 여기 곁에
세월이 접어가도
오늘 밤도 꿈에 와
계실 거라고.

어머님 생각

내 마음이 흩어져
어지러우면
어머님 말씀 생각합니다.

내 마음이 외롭거나
슬플 때면
어머님 품을 생각합니다.

내 마음 즐겨 웃고
기쁠 때면
엄마 등에 업힌 때가 그립습니다.

아내, 그 빈자리

술잔에 취해드는 마음 그 어디에 숨어 있었던고.

넘치는 미련, 후회, 슬픔 순서없이 쏟아져 나오는구나.

지금 한잔 술인데 너는 왜 순서 모르고 나를 울리고는

지난 날과, 오는 내일의 것까지

벅차게 쏟아내어 땅을 치며 울어 버렸다.

나에게 시간을 다오,

슬픔도 순서가 되어 눈물 흘릴 수 있도록.

꿈 같은 지난 세월에 같이 엮었던 세상 얼마인데

아는 이 누구일꼬, 오직 당신과 나 뿐인 것을.

야속하오, 당신 저승길 내리니 쪽배 삶이 너무 기우는구려.

심심 곳곳 쏟아져 나오는 오늘이 왜 이리 괴로운지

하늘에다 물어보고 땅위에다 알아보는데도

말해주는 이 없구려.

당신, 울고 있는 나 보는 거요, 듣는 거요.

슬픔 글자 제 각각이라지만

사랑 잃은 허전 슬픔 어데다 비하리오.

다시 만날 수 있는 헤어짐은

부처님께 빌고 빌면 만나질 수 있으련만

선을 넘는 저승길은 되돌릴 수 없거늘

돈으로 사리오, 마음으로 사리오,

생생히 떠오르는 당신 모습.

그토록 병과 싸우면서도

꿋꿋이 삶의 정도를 지키라고 주장하는 당신의 말

오늘도 잊지 않고 있어요, 그 마음 무엇인지를.

괴로움을 받아들이며 눈빛만으로 말해주던 당신,

지금쯤 어디에서 무얼 하며 있는지를 나에게 전해주오.

이승과 저승의 갈림길에서

세상은 보이는데 당신 없어 암흑이구려.

앞을 보아도 뒤를 보아도 보이지 않는구려.

슬픔은 쌓이는데 눈물이 말랐나 보네요.

눈물보다 사랑 빛으로 당신 극락성불 빌고 빌어

이승에서 못다한 꿈 성불하여

내세 성불 이루기를 빌고 비는 이

여기 있어요, 당신이 사랑하는 나,

종이컵 선술 잔에 당신 담아 마시네요.

미안하오, 용서하오,

한 잔 술에 떠오르는 당신 모습에 나 울고 있네요.

의지할 곳 없이 외토리 된 나, 알고 있나요, 보고 있나요.

밤이면 내 곁에 올까봐 티브이 틀고 지새우고

낮이면 외톨이 신세

당신 부끄럽지 않게 살려고

출근길 여인들을 볼 때마다

가슴 아파와 눈을 감아버렸답니다.

너무나 사랑하는 당신이었기에

시시각각 슬픔 주는 당신 없는 자리가 왜 이리 허전한지요.

무엇이 급하다고 그리 바삐 갔는지요.

꿈도 희망도 잃어버린 한많은 행복, 고목되어 버렸네.

다시 못 올 꿈도 희망도 무엇으로 달랠까요.

당신자리 비었으니 인생장마 찾아 들면 고인 물 말이 없고

주연없는 주연만이 허공에다

세월 대사 읽고 있는 한많은 인생되었네요.

그렇게 사랑 넘쳐 없는 질투 하던 당신, 이제야 알겠네요.

당신 잃은 오늘에 꿈 많던 당신과 나, 시작하며 끝이라니

우리 꿈 그 무엇이 알았나요.

알았다면 이 목숨 다하여 막았으련만

이제 안들 무엇 하리, 당신 지금 저승길 가고 없는데….

무엇이 부족하오, 꿈에라도 알려주오.

가신 길 힘들지 않게 이승 지원 하오리다.

그 꿈많던 당신, 그늘에 화초처럼 지난 세월이

당신 없는 빈자리에 슬픔만이 채워지는구려.

그 자리 열심히 채워가며 살아보리다,

가는 당신 슬프지도 되돌아보지도 않고

편히 극락길 잘 가도록 말야.

이제 끝잔 비우리다.

귀뚜라미 목메여 울며 나를 달래주는가 보구려.

밤은 내일 다시 오겠다며 길을 재촉하는구려.

비운 잔도 마르네요, 내 마음 같이.

딸들에게 띄우는 편지

창밖 가을햇살에
하나둘 떨어져 내리는 낙엽을 보니
사랑하는 딸들의 모습들이
낙엽되어 뭉클뭉클 떠오르며
어린시절 낙엽위에
두 자매 함께 뒹굴며 뛰어놀다
언니는 빨간 단풍잎
엄마 머리에 단풍 리본 달아주고
동생은 노란 단풍잎
아빠 가슴에 꽂아주며
아빠등에 업혀 올라
빨갛게 매달린 꽃사과 따러가자고
졸라대던 그때 모습들이
오늘따라 더욱더 선하게 떠오르는구나.
지난번 모국을 떠나던 날
차창문 내려 내민 손 붙들고 떼지 못한 채
부모자식의 정을 주고받으며 헤어지던 때가
벌써 한 해가 훌쩍 넘어버렸구나.
그래, 아빠 엄마 생에 제일 큰 선물 우리 딸들아!
지난 번 아빠 생일을 맞아 보내온 카드 속에 동봉한
천사 같은 우리 손자들의 입체 글씨를 읽으며

창밖에 떨어지는 단풍잎을 보며
노란 잎은 우리 큰 딸 잎
빨간 잎은 우리 작은 딸 잎
그리운 마음 나뭇잎에 담아본다.
딸들아, 볼 수도 없고 무게도 없는
아빠의 사랑 마음을 어이 다 전하리.
딸들아, 그래도 너희는 행복하다 생각하여라.
외로울 땐 언니 동생 같이 있고
화가 날 땐 서로서로 달래주며
때론 엄마가 되어주고
때론 친구되어 즐겨 웃을 수 있으니 말이다.
이국 땅 하늘 아래 누가 있고 또 있는고
두 형제 오손도손 행복하게 잘 살아라.
의견이 맞지 않을 땐 한 번 더 생각하고
서로서로 이해하며 엄마 아빠 생각하고
그래도 부족하면 이국땅을 왜 왔는가
마음 깊이 생각하고 울적할 땐 같이 앉아
술 한잔 건배하며 서로의 마음 털어놓고
천사 같은 너의 자식들을 생각하거라.
너희 엄만 열 달동안 배에 담아
댓가없이 빌려주고 낳아주며

건강하게 길러주고 너희 마음대로 공부하고
졸업하여 좋은 신랑 만나 자식 낳고 엄마가 되었으니
너희 엄마 사는 동안 얼굴 주름 늘지 않게
행복 삶이 보답인 걸 잊지 말고 잘 살아다오.
사랑하는 딸들아!
이제 아빠도 한해 두해 세월에 실려 살다보니
느는 백발을 막을 수가 없구나.
가을을 맞이하여 떨어지는 낙엽 보니
사랑하는 선물, 우리 딸들이
아빠 곁으로 다가오며 그리움이 낙엽처럼
차곡차곡 쌓여지는구나
숙아, 현아, 이것이 부모 자식의 천륜인 걸
나서부터 가슴담고
세상가는 날까지 안고사는가 보구나.
보이지도 않고 무게도 없는
아빠사랑 마음을 어이 다 표현하리.
딸들아, 남편은 물론 자식들에게도
세심한 정성과 많은 사랑해주고
특히 자랑스런 모국에 대한 긍지와 자부심을 가지고
자식들 훌륭하게 길러주기 바란다.
이것이 너희들의 의무임을 잊지 말아라.

모든 것이 생소한 타국에서 하루하루 건강 조심하고
다시 만날 때까지 행운 가득하길
두손 모아 기도하며 다음 소식을 기약하면서 이만 접는다.

세월 흘러 알았습니다

세월이 흘러 알았습니다.

저를 낳고 키우느라 많은 고생했다 하셨지요.

너무 울어 피난길에 버리려 하였다지요.

결혼식 못 보셔서 내내

남 모르게 눈물을 훔치셨다 했지요.

막내라서

재산 못 줘 고생시켜

당신이 죄인이라 하셨지요.

막내 손 잡아 보시며 둘이 마음 모아

잘 살아라 막내야,

잘살아다오, 며늘 아가!

눈물 훔치셨지요.

성인되고 손주 안고

부모님 마음 알았습니다.

낳아 고생하며 키워 제가 있지요.

부모님 전에 극락가시라

제가 다 할 때까지

손 모아 빌겠습니다.

이 글을 마치며

텅빈 바둑판을 앞에 놓고 보니 문득, 인생도 이 바둑판과 같다는 생각이 듭니다.

나 스스로 문학에 마음을 열어 인생의 진리를, 비워진 바둑판 위를 한 알 한 알 채워가듯, 문학의 가치로 엮어가고 싶었습니다.

인생의 바둑판 위에 인생알, 세상알을 가득 채워 남은 여생은 풍요로운 그 곳으로 가보고자 이 시집을 발간합니다.

이 작은 한 권의 시집이 나오기까지 용기와 격려해주신 이 찬범 회장님, 홍예미술관 관장 오옥순 작가님, 송명숙 소장님, 이재식 소장님께 머리숙여 감사의 마음을 드립니다.

어머님 가신 길에

초판인쇄 2016년 04월 01일 **초판발행** 2016년 04월 07일

지은이 **황윤식**
펴낸이 **이혜숙** 펴낸곳 **신세림출판사**
등록일 1991년 12월 24일 제2-1298호

04559 서울특별시 중구 창경궁로 6, 702호(충무로5가, 부성빌딩)
전화 02-2264-1972 팩스 02-2264-1973
E-mail : shinselim72@hanmail.net

정가 12,000원

ISBN 978-89-5800-169-0, 03810